Northern Sky

藤村義一

鳥影社

Northern Sky

目　次

遠くの名　6
地上の見知らぬ少年たち　8
詩人の運命　14
若きエーリスの死　18
コロニー　20
帰らざる旅路　24
口笛　28
出港　34
死と子供たちのメルヘン　36
Ω《オメガ》　46
死の初夜　48
群島をなす言葉　54
別れ　58
夕なぎ　60

灰の日々の燠火 62
失われた足跡 66
クレイジー・ウィズダム 68
永久追放 78
万物照応 82
多島海 86
興行主《こうぎょうぬし》 90
失楽園 94
苦境《くきょう》 96
キャッチ・ア・ファイアー 100
酒の魂 106
運命の姿 110
エアリエル 116
ギレアド 118

夜のロマンツェ　130
行軍　134
夢魔《むま》　138
終戦の朝　142
帰途《きと》　146
夷狄《いてき》を待ちながら　148
休戦　156
メモランダム　158
扉のエレジー　162
処女航海　164
残響区域《ざんきょうくいき》　174
パルチザン　176
兄弟　178
朝のアダム　182

ファラオの夢　184
成就《じょうじゅ》　186
異邦人　188
スティル・ワーキング　192
小さな娘　194
雪の憐《あわれ》みのプラハ　196
テレプシコーラの冬に　204
降誕祭《こうたんさい》の夜　206

遠くの名

君の名よりも古い
夏の日々
河から遠くはなれて
泉は道に迷った

地上の見知らぬ少年たち

ひとすじの故郷をかすめる
影のように
かつてぼくらは旅立った
ひとすじの屋根に差し込む
光のように
かつてぼくらは旅立った

みな素足《すあし》だったから
まだ遠くへは行かれない

アカンサスを登るカタツムリだけが
ぼくらの歩みを測《はか》っていた

あの頃は　いつだって明日があった
ぼくらは子供で
子供の心を持っていた
心は季節に合わせて歌った

ぼくらの右手はツバメ
そして左手は糸杉
ぼくらの愛したツバメは
もう戻らなかったけれど
どれだけ遠くの声も
そして思い出せそうもない声も

聞くことができた
神さまがその青い御胸《みむね》に
抱《かか》え集めることができた人たちには
ぼくらの国訛《くになま》りが聞こえたかもしれない

埃《ほこり》や故郷
春の夕べに似ていないひとがいるだろうか
愛する者たちを数え上げるとき
ぼくらは本当に遠くにいる

かつての子供たちには
この村は見つからない
ある年は　洪水が起こり
ある年は　雪原で戦った

ある年は　雹《ひょう》が降って
樹や塀《へい》をだめにした

そして今年もぼくらは見たのだ
どんなに雲が昔ながらの
同じ道を浸《ひた》してきたのかを……

ぼくらの過去の中で　うめくあの太陽は
田園《でんえん》のぼくらの両手の門がまえを
踏《ふ》み破《やぶ》れなかった
そこにはひっきりなしに生まれた
草が　散歩する花が
まなざしが　それら一切《いっさい》の時間が……
さまざまな楽園と

嵐をひとびとは約束しあい
ぼくらの影像《えいぞう》は夢想を守った

かつての青春を支えるあの太陽は
年を取らないし　なかなか手ごわい
それは墓のように底知れぬ青空の仮面で
ぼくらを覆《おお》う
それはぼくらが熱情を込めて
言葉でもって　作り出さねばならないものだ

ああ　これ以上
願うこともないまぶしさよ
微笑《ほほえ》みながら眠っている　あの羊飼いのように
ぼくらの眼は

いま旅を重《かさ》ねた青い眼だ

詩人の運命

カラスの群れの光が漂《ただよ》い
草をなぐ夕映《ゆうば》えの鎌《かま》の音もやんだ

水車小屋の軋《きし》む音が聞こえ
そこに闇はひたひたと追《せま》ってきている
そこまでが　きっとこの村なのだろう

少しばかり疲れて　ぼくは古いブリキの響きをたてながら
また家路《いえじ》をたどる

しばらくして　ぼくの心は靴を繕《つくろ》うのに我を忘れた
ぼくを結びつけ　ぼくに似ていない
あの鼻持《はなも》ちならない幸福のような靴紐《くつひも》がほどけている
限りなく遠ざかる道が
ふたたび　ぼくをかこむ
ぼくより先を行く足音があるようだ
ふと　かつて小径《こみち》の探求者《たんきゅうしゃ》ランボオが
星々の金貨を詰めた袋を革帯《かわおび》につけて
ここを歩いたのを思い出した

君はよく出かけた
アルチュール・ランボオよ
その外套《がいとう》は　もう名ばかりの代物《しろもの》だった
けれど　大空のもとなんと華麗《かれい》な愛を

君は夢みたことだろう

いま　背伸びしたすべての夏草の向こうで
君は歩いているのか　わからない
君は生きているのか　わからない
ぼくは君を呼ぶ
ぼくは君に属《ぞく》している
君はぼくを理解している
君を待ち受け　ぼくを満たす夜
それが夜であるためには
まだまだその期待を裏切らなければならない
このすばらしい九月の宵《よい》
大熊座の旅籠《はたご》を愛する者は
ロウソクの照《て》り返しへとは立ち去らないだろう

消えたランプはもっと軽く
いずれぼくも木の葉のように逝《い》くのだ
ならば道の上に宝の金貨を撒《ま》き散らそう
旅人の足もとに転がるように
そしてなお光がぼくの形見《かたみ》に残るように

若きエーリスの死

雨と機関車が
地平線の黄金をはこんでゆく
青草は足もとから
夕べの狭霧《さぎり》を立ち昇らせ
大地に告げる太陽の
別れの吐息《といき》が
香炉《こうろ》のように美しい
百合《ゆり》の花を揺する
青い鳩たちは

もっとつつましく
氷のように冷たい汗を吸《す》う
エーリスの水晶の額《ひたい》から
静かに流れる星を

コロニー

いくつもの嵐が消えた
世界は行ってしまった
ただ運搬人《うんぱんにん》の手押し車や
馬を外した幌馬車《ほろばしゃ》や
埃の中にひざまずいた
牛だけが屯《たむろ》している

黄昏《たそがれ》に彼らはきいたものだ
太陽はもう一度昇るのだろうかと

彼方では人の噂《うわさ》に
血みどろの長い戦闘があるという
強者は天の空間に向かって
叫ぶかもしれない
彼らは恐れでいっぱいの知恵で
そう尋ねる
おれには　無力な者たちの
この知恵が欠けている

彼らは日の出に驚いたものだ
驚愕《きょうがく》は力である
彼らはこの力を用いて
深い坑《あな》を掘った
岩と岩を力のかぎり

どしんとぶつけた
永遠の火が燃えた

彼らは水をすった
渇きをいやした
彼らは木の棒をとがらせた
気の遠くなるような
獣の匂いを吸い込んだ
平安だった
だがふたたび車輪どもが近づき
強大な風を煽《あお》りたて
去っていった

しかし　これらの人々は

塵の中に転がっている
単純な頭蓋骨には
空の虚《うつ》ろなこだまだけが残り
いまも　おれを哀《あわ》れんでいる

帰らざる旅路

わたしは帰ってゆく
春を呼びさます杖など持ってはいない
今朝　親しみ馴《な》れた郷里《きょうり》を過ぎてゆくだろう

雲よ　ポプラの木々に触れて
額《ひたい》を鳴らす大きな雲よ　便りをおくれ！

星のように凍り
乳房の固いふくらみに似た緑花《りょっか》の松毬《まつかさ》は

膨《ふく》らみながら眠っている
わたしはくりかえし旅の夢を見る
どんな皮膚も　毛皮も羊毛も
わたしを覆《おお》うことはない
深紅《しんく》のカーテンも　杉材《すぎざい》の美しい屋根も
わたしの上にかからない
わたしの旅は誰にも打ち明けない秘密だった

大きな雲よ　便りをおくれ！

樹液が大きな流れをつくり
土の家々のうえに春の綿毛《わたげ》が重なるように湧《わ》き
めずらしい生きものたちの筋肉が
ほろ苦い音楽を奏でる

あの雲の国の便りを
石灰《せきばい》の埃にまみれた夏の午後の日々から
遠く離れて行進する
あの軍隊のことを何か話しておくれ
馬たちが歓《よろこ》びのあまり　喉を詰まらせて
ひしめき合っているのがきこえる
大地に寄せるあの潮の高まりのことを
何か教えておくれ

雲よ　大きな雲よ　また低く飛んでおくれ！
わたしは春のために
また内緒ばなしをしようと待ちかまえている
わたしは息を詰《つ》め

これからも恥《は》じ多い日々を生きてゆく
雲よ　おまえのように　単純なリズム
なにげない訪問者であろうと努《つと》めよう
空の指から指へと旅する追憶《ついおく》のツバメたちのように

口笛

古い湖に夕日が沈むとき
予言者たちの墓は
亜鉛《あえん》と銅に変わった

ゆっくりと水ネズミが葦《あし》のペンを執《と》って
のどかにも走り書きし
白鷺《しらさぎ》は泥の石板《せきばん》に象形文字《しょうけいもじ》を刻む
筏《いかだ》が遠い空の果てから波に乗って来て

筏の上ではか細く淡《あわ》い音楽が響いている
古風な甘いサラバンドのような……

ああ　はるかな国
胸をちぎってゆくものが
まるい小石の上や
いちめんの葦原を　蜻蛉《かげろう》のように素早く
せせらいでゆくところ
私の目は潤《うる》んでくる

それはあたかも　遠い地平線を超えて
魂から思いがあふれてくるようで
陽を受けた平原の上にいる空は
黒犬アヌビスのように耳をそばだて

さらに高いところにいる空の耳に
素朴《そぼく》なメロディーを伝えているかのよう
奏《かな》でながらも失われず
音の調べが揺らぐ
光は光のなかを揺らいでいく

きょう　ひとりの見知らぬ少年が筏に乗っている
まだ少年には名前がない
たぶん永遠に持つことはないだろう
そして穏《おだ》やかな　夕暮れの　雄大《ゆうだい》な
世界を目の前に奏でてみせる
少年は傾《かたむ》きゆく世界に荘重な光を吹き込み

振り乱した陽差しの髪から川を呼びだし
平野を貫《つらぬ》いて流していく
ゆるい坂の憂愁《ゆうしゅう》と
永遠という香りをまぶして

こうして少年は平野を創《つく》り
点在《てんざい》するピラミッドを
軟《なめ》らかな口の響きに乗せて創る
そしてあらゆる生成は　遅くなればこのように
響きを絶やし　燃え尽きていく

少年の筏は　あちらに寄《よ》り　こちらに寄り
どこに辿《たど》り着《つ》くか　わからない
ことによると　漂う先は

ファラオの娘の膝の上かもしれない

いつしか口笛の光は水なき海の世界へと広がり
いっそう大きなホルス神の瞳《ひとみ》を照らす

すべての地の塩は夢みつつ
身を震《ふる》わせている
まもなく地上のハーモニーは消えていくだろう
一滴も飲まずに
手の中から大河を洩《も》らして悔《くや》しい
漕ぎ手もなく
私の魂は座礁《ざしょう》した小船のように身を持て余す
私は神話に取り囲まれている

ハトホルの角で　幾何学《きかがく》の目で
蛇の抱擁《ほうよう》で
私は息を引き取るだろう
もはや新たな神々の歩兵隊を
私は見ることはない
ただ蠟燭《ろうそく》と役立たずの二本の櫂《かい》だけが
私の目の中に捨てられたままになっている

まもなく月からの風が
霜のような　白い麦の穂《ほ》のような
おぼろな光を投げて自分の高みから落ちるだろう
夜の二重の底をやさしく持ちあげるだろう
高い低いはもはやない

出港

海の上を夏が逃げていく
きみは青い灯台《とうだい》のような服を着て立っていた
南洋《なんよう》の果物と　はるか遠い大陸の
スカーフを愛する僕が
どれほど透明になるか
きみは見ていた

僕が船出したとき
千の別れの言葉はカモメになった

あの銀のくちばしをしたカモメの首に
白いリボンで手紙を結《ゆ》わえたい
きっと思いは遠くともとどまっている

今宵《こよい》　僕は
金や碧《あお》にきらめく
更紗《さらさ》の向こうに
新鮮な海草が縞目《しまめ》をつけた
ひろい平野の夢を見るだろう
そして　目覚めのたびに
僕の口は　きみの名前へと
帰っていく
水兵が港《みなと》に帰って来るように

死と子供たちのメルヘン

夏がトランクのなかで
ランプのように輝いている！
愛するおとうとよ　いつにしよう
わたしたち　筏《いかだ》を組んで
空をくだるのよ
けど　すぐに積み荷がいっぱいになって
わたしたちは沈没ね

一緒に大きな紙に描きましょう

たくさんの国とレールを
まって　この黒い線のまえは
地雷《じらい》の原っぱ！
おまえは空高く吹き飛んでしまったわ

愛するおとうとよ
それが嫌なら　こうしよう
わたしが杭《くい》に縛《しば》りつけられ叫んでいる
すると　太陽の蹄《ひづめ》を心臓に受けて
おまえはすぐに甦《よみがえ》り
死者の谷から　わたしのもとへまっしぐら！
こうしてわたしたちふたり逃げ出せたわ

それからが　大変だった

ジプシーの野営地《やえいち》では眠れないし
砂漠のテントでも眠れない
わたしの髪から砂がこぼれたわ
おまえとわたしの齢《とし》と世界の齢は
年月では測れない

さよなら　みんな
大好きだったわ
でも　もうおわかれなの
どうかわたしたちに花をたむけて

さよなら　人生
いつまでもすてきでいて
わたしたちは遠くにいくの

だから　ごきげんよう
さよなら　いとしい地球
いつも水をからさず
草原をだいたあなたが
こころから好きだった

さよなら　魚や虫たち
かわいい鳥やどうぶつたち
気味のわるいへびも
わたしたちはいつも味方《みかた》だったわ

さよならひろい空
太陽　月　またたく星

さよなら　この宇宙すべてのもの

キンコン　カンコン
鐘の音で　さよなら
キンコン　カンコン
甘い音色《ねいろ》で
さよなら　さよなら

たくさんの　たくさんの石に躓《つまづ》いて
いま　わたしたちの足は　こんなに傷だらけ
ずいぶん歩いたのね
ひとつはすぐに治ったの
だから　傷の癒《い》えたほうの足でもって
飛んでいこうね

きっと子供の王様が迎えに来る
王国への鍵《かぎ》を小さな口にくわえて
それまで　わたしが歌ってあげる

おひめさのお相手は
おとぎの国の王子さま
ゆめのような結婚式

ふたりの新居《しんきょ》は崖のお城
とおいとおい荒寥《こうりょう》の海

ときたま誰かさんがたずねていく
先週わたしも招《まね》かれた
お聞かせしましょう

とおいとおい荒寥の海
（ふたりの声がするの……
さあ　魔法の絨毯《じゅうたん》を渡っておいで
着《つ》いたら　熱いキスで迎えましょう）

お城の庭で遊んだり
イチジクの木に登ったり
荒寥の海で泳ぎもするの

ふたりの姿は霞《かす》んでるけど
それはきれい　それはうっとり
おそばに忠実な白ねこをはべらせて

夢かしら

キスされ　ぎゅっと抱きしめられた
ああ　ああ　まるで雲のうえ
夢ならこのままでいたい

だから出されたものは残さず全部いただくの
なにかで読んだわ
おとぎの国のものを食べれば
けっして目を覚まさないって

でもね　ちゃんと生き続けるのよ
嘘じゃないわ
ほんとうにわたしに起こったことだもの
とおいとおい
荒寥の海で……

さあ　もうやすまなければ
遊びはおしまい
そおっと　ベッドまで
つま先立ちで歩けばいい
くしけずる人もない髪ごしに
白いパジャマがふくらんでいる
ほら　あの古い鏡を見て
おまえより小さく
やわらかな手の跡が残っている
そういえば　父さんや母さんは　こんなこと言ったわ
わたしたちが長いキスをすると
うちに幽霊が出るって

Ω《オメガ》

嵐をはらむ一つの鏡のアーチの下
コップ一杯の空の青さは
コップなしで冷えていく
静かに雨の言葉が
私に氾濫《はんらん》する
滴《しずく》によって吸い上げられ
雲の中に押し上げられ
私は銀の雨となって
開いた真っ赤な

罌粟《けし》の口もとに降る

死の初夜

新月の首飾りのような忘却《ぼうきゃく》が
その清《きよ》らかな胸をかざった
おまえは美しい
いま言葉を捨て去って
眠っているおまえは——

息ほどにもむきだしなこの一刻《いっこく》
涼《すず》やかな水盤の匂いが
ふたりの臥床《ふしど》にまで漂《ただよ》い

あたりは苔《こけ》むす窓辺の
袖《そで》で擦《す》れた石のように静かだ
わたしの唇が彫像《ちょうぞう》にも似た
おまえの足もとに巣《す》をかけていく

岩の合間より覗《のぞ》くかに見える
その蒼《あお》ざめた顔
未知のとおい微笑《えみ》
かすかに傾《かたむ》く象牙色の額《ひたい》
おまえはジョコンダの
若き尼僧《あまそう》なのか
それも憔悴《しょうすい》しはてた春に
捧《ささ》げられた蒼白《そうはく》の神話
青春の聖母マリアなのか

おまえの秘《ひ》めやかな詩
悦楽《えつらく》と哀《かな》しみ
歪《ゆが》んだくちびるの縁《ふち》に血線《ちせん》をひいた
血染めの少女のムジカ
メロディアの女王よ
おまえは蛇の冷たい息に決して
犯《おか》されたことのない花だった

おまえのために夜の詩人たるわたしは
いちばん高い塔にくるまれ
木蔦《きづた》のように永遠の許《ゆる》しを夢みる
そして空の海原のなかで
生き生きと息づき
ただ星々を見守るのだ

おまえの優しい神秘のために
おまえの来たりくる沈黙のために
あの麗《うるわ》しい金髪のなかの蒼《あお》い焔は
おまえの蒼白《そうはく》のしるし
それともわたしの嘆《なげ》きをいたわる
優しい蒸気《じょうき》なのか
夜の精の微笑《ほほえみ》なのか

かくして　わたしは純白《じゅんぱく》の
岩礁《がんしょう》となりはて
風の沈黙のみなもとを見つめる
それは蒼穹《そうきゅう》の静止
それは涙ぐみながら溢《あふ》れる河の水
それは銀色の丘の上で

背中を曲《ま》げる農夫の影――

ふたたび遥《はる》かな空に
ながれる明らかな影をみるために
ふたたび　おまえを呼ぶ　呼ぶ
われらの指に指輪の目覚めるまで
おお　キマイラ

群島をなす言葉

最初のやさしい島々が香り始めたとき
わたしを導く船曳《ふなびき》の綱《つな》の覚えはもうなかった
風のなかの孤独　故郷のないもの
おお　あれはわたしの島
何艘《なんそう》もの小舟が遠方から跳びはね呼《よ》びあい
太陽に鱗《うろこ》をおとされ
洪水のような光につつまれ
休息のめまいの下　わたしの島を囲《かこ》む

わたしの島　港もなく岸もなく町もない場所
わたしの島にはひときわ高い山がひっそりとそびえたつ
それを神が踵《かかと》で蹴《け》って押し戻す
耳もとで塩に歌わせていた山は北風の中でただ一人
なつかしい海だけを友としている

ほの白い明《あ》け方《がた》
風がいつまでも終わらない前奏曲のように嘆《なげ》くとき
大鎌の刃はふたたび海のうねりに横たわる
死へと続くこの道の端で
愛がわたしを呼んだところ　わたしの島
ついに飛べなくなるところ　孤独
たえず鷗《かもめ》たちを沖に投げやり
たえず越《こ》えがたい海の向こうへと

たえず鷗たちを失い　また始まる
無限の心が湧《わ》き立つところ　孤独

王者の悲しみ　狂った土地
深淵《しんえん》ががっしりとした腕で
静かに揺《ゆ》するところ　わたしの島
さらなる無限の手がよろめく岸のない世界を追いかけようとも
おまえは沈黙をつなぎとめている
燃えつきた言葉の波がいくら問《と》いかけても無駄だ

別れ

君は　とりとめのない
思いの帆をひらき
遠い昔の思い出の
幌馬車《ほろばしゃ》を追ってゆく

そよ風が
羽根のついたスズカケの種や
馬の口から漏れ出た藁を
車道の埃と一緒にさらっていく

ぼくは泣きながら
よろこびの梯子《はしご》を駆け上る
段《だん》ひとつ　壊《こわ》すことなく

丘の上の
草の褥《しとね》の
見晴らし台
ここから　風と眩暈《めまい》の
君のあゆみに　種をまいた
夏の少年たちの王国に
いつまでも　とどまらないように

夕なぎ

大きな花束の香りが
上《あ》げ潮《しお》のように立ちのぼった
グランドホテルのボーイたちは
テーブルセットを並べながら
まぶしい夕陽に　目が眩《くら》んでいる
ガラス窓はすっかり
開け放たれていた

最後に残った散歩者たちの

うろついている浜辺から
まだ誰も夕食のテーブルについていない
食堂へと
かすかな夕方の息吹《いぶき》が自由に流れ
グラスというグラスを
絹《きぬ》で満《み》たしていく

そして　カウンターのうしろに
取り付けられた鏡の中を
赤い船体《せんたい》が過ぎてゆくかと思うと
リベル行きの最終船の煙が
灰色に映しだされ
いつまでもそこに残っていた

灰の日々の熾火

時は燃えつづけた
灰の下に
火に捧《ささ》げられた言葉がある

火はどこか別の世界で
燃えているみたいだ
ぼくは短い呼吸の音を聞き
ときどき赤みがかったものが
白い産毛《うぶげ》につつまれて

ひらめくのを盗み見る
それは手だ
ぼくの熱い青春のせいで
ぼくについてきた最後の者
マグダレーナ　いとしき人よ
その手でかまどから薪《まき》をとれ
この最後の薪を
それはどのみち消えるのだ
この火
ぼくときみとは

燃えつきて　薪にはもう
息のひと吹きで灰に崩《くず》してしまう
この空の破片《はへん》しか残っていないとき

夜は雪となって降る
日々の底で冷たくなっている南京袋《なんきんぶくろ》に
小銭がこおりつく
ぼくらは寒くなり　背を向けた
抱《だ》き合っている者たちから

肩のうえの影とともに
夜のようなぼくらは遠ざかっていく
熱さの暗がりのなかで
ふたたび火を点じるのは誰だ
そしてまた　それを吹き消すのは
この憐《あわれ》みぶかい燠《おき》の情熱を
もっとぼくらに向かって　かきたてろ
消えた空気が　ぼくらにまぶしい

それはぼくらの火だ　ぼくらのだ
愛のために　もう一度ぼくらの唇で炎を濡《ぬ》らそう
この仄暗《ほのぐら》いかまどから　立ち去る前に

あまりの冷気ゆえに　人は無視される
手袋は遠い昔に盗まれた
燻《くすぶ》りながら闇のなかで
炭がぼくの手のなかで燃える
きらめいて　ときおり爆《は》ぜる火の隅《すみ》に
風を見た
一瞬　炎によって
むすばれた道が　ぼくらへと返される
これを最後に　光の国を見失う
ぼくらの外に　火は　もはやない

失われた足跡

ぼくの外套の襞《ひだ》には　夕日の中に
滅《ほろ》んでいった市街《しがい》が潜《ひそ》んでいる
ぼくの両手は太陽の残骸《ざんがい》の中で黄色くなった
燃えるように熱い血が足元に滴《したた》り落ち
靴をはかないこの素足に弾丸の穴をあけた
鮮《あざ》やかな赤い血は黒味がかっていた

墓石に座る女の夢が呼び出した像や
姿を歪《ゆが》めてしまうこの特別な日には　すぐに乾く血だ

物の姿が二重に見みえる酔《よ》いどれみたいに苛立ちながら
ダミアナ・シスネロスの腕につかまって歩こうとしたが
二、三歩進んだところで倒れた
心の中で何かを哀願《あいがん》したが
ただの一言も口からは漏《も》れなかった
トカゲの尾のように空気がひきつり
乾いた音を立てて地面にぶつかると
ぼくは石ころの山となって崩《くず》れていく
役立たずの武器のように投げだされたぼくの二本の腕
手のひらにある皺《しわ》は運命が刻《きざ》んだ線だ
見ろ　皺《しわ》が交差《こうさ》している
それは泉に落ちた流星《りゅうせい》の軌跡《きせき》を描《えが》き
宝の在《あ》り処《か》を示《しめ》している

クレイジー・ウィズダム

ベッドはいつでもさよならをする
俺はもてあそばれ　砕《くだ》かれた
行きずりの雌犬《めすいぬ》ソーニャの腰なら
どんな痣《あざ》でも知っている
あの娘の最初の男になれなかったのは
残酷な運命だ

地球は老婆の皺《しわ》でしかない
原子《アトム》を愛する俺は虚無《きょむ》だけを食べている

俺は剥製《はくせい》の人間
脳天《のうてん》には脂肪《しぼう》と一かけらの藁《わら》があるだけ
この五臓六腑《ごぞうろっぷ》を電流でみたしたい
いっそフランケンシュタインになりたい！
発電機のパルスに合わせて動くのさ
俺は人間であることにうんざりしている
俺がデパートに寄ったり映画館にはいるのは
始原《しげん》と灰の海に漂うフェルトの白鳥のように
やつれはて　かたくなっているからだ
だがこの世の誰の人生にもぴったり合う
外套《がいとう》などあるものか
俺は床屋《とこや》の臭《にお》いに大声をあげて泣く
俺が望むのはただ　石か羊毛のやすらぎ
俺が望むのはただ　時を刻むゼンマイから投げ出されること

俺は自分の足や爪にも
髪や影にもうんざりしている
洒落《しゃれ》た口髭をつけた者たちは出世が早い
俺はそいつらにうんざりしている
もういちいちかまってられるか
俺は何もしなくていいんだ
すべては生きている
宗教だけが未《いま》だに新しい
宗教だけが空港の格納庫《かくのうこ》のように単純そのものだ
それにパイロットよりも空高く昇《のぼ》るキリストは
高度《こうど》のギネス記録保持者だ

だけど　痛快《つうかい》だろうな

切り取ったアヤメで公証人《こうしょうにん》を驚かしたり
卑猥《ひわい》な言葉で
大きなペンギンみたいな尼さん達を卒倒《そっとう》させたら
素晴しいだろうな
緑色のナイフを手にして通りを歩き
凍《こご》え死ぬまで笑いころげたら

俺はいつまでも暗闇の根でありたくない
毎日の食事を欠かさず　吸収したり考えたりして
眠気で歯を鳴らしながら
地下の小人族よろしく叫び声をはりあげ
失われた巨人の世界を求め駆けていくなんて

青春の神はどこにいる？

こんな不運つづきはもうごめんだ
俺はもうごめんだ　根であり墓であり続けるのは
寒さに震え　悲嘆《ひたん》にさいなまれながら
あの棺《ひつぎ》のような部屋に　ひとり帰るのは

だから囚人面《しゅうじんづら》した俺が来るのを見ると
月曜日は石油のように燃え
一日じゅう壊れた車輪みたいに悲鳴をあげ
熱い血のしたたる足で
すべての夢を殺しに出かけていく

そして俺を押しやるのだ　片隅へ
若者の究極の汗の染《し》み込んだ毛布《もうふ》のなかへ
ネクタイどもの共同墓地へ

酢《す》の臭いがたちこめる靴屋へ
石と旱魃《かんばつ》が亀裂《きれつ》をつくる怖ろしい通りへ

俺が憎悪《ぞうお》する家々のドアには
硫黄《いおう》の色をした鳥とすさまじい臓物《ぞうもつ》がぶら下がっている
コーヒーポットには入れ歯が置き忘れられている
羞恥《しゅうち》と恐怖で泣いたに違いない鏡がある
あらゆる処《ところ》に傘がある　毒薬がある
への緒《お》がある

時はただ俺の歩いていく街路にすぎない
肛門《こうもん》がミントのように冷たい
俺は平静《へいせい》をよそおい　眼をみひらき
ひび割《わ》れた革靴のシワを数えながら

滑稽《こっけい》にも街灯に首をくくりにいく
憤怒《ふんど》を抱き　忘却《ぼうきゃく》を願いながら　歩きまわる

俺は通りすぎ　横切って行く
事務所や整形医療器店《せいけいいりょうきてん》を
針金から洗濯物がぶら下がっている中庭を
そこではパンツやタオルやワイシャツが
間延《まの》びした薄汚い涙を流している
アスファルトの上の痰《たん》はいつも俺に考えさせた
カンヴァスに下塗《したぬ》りされた聖女たちの顔を

ハトが一羽　俺の肩に止まり
バツが悪そうに飛び立った
おもえば俺はいつもシャツの下に

青い破片《はへん》を身につけている

昨夜の夢に打ちひしがれて
俺は探す　愛に似ている偽《いつわ》りを
俺の心より大きい承認《しょうにん》を
蜜《みつ》をとろかす微笑《えみ》を
犬にくれてやるキスを

俺がなろうとしている男たちのなかに
俺は探す　ハイエナに食わせる腐肉《ふにく》のような
少しも肉体らしくない肉体を
少しも裸体《らたい》らしくない裸体を
横たえる教理《きょうり》を刻《きざ》んだテーブルを

毎朝アイロンで引き直される地平線のむこうに
俺は聞く　愛という声
その声が嗄《か》れるまで群衆が愛と叫ぶのを
愛　それはただひとつの叫び
あらゆる生者が　ひとつの生者となる叫び

愛　俺は乗り越え　解き放たれ
おまえの影に寄りかかった
俺はふんだんに　おまえを招《まね》いた
ふんだんに愛撫《あいぶ》した
あらわにした
おまえはそのまま灰になった
愛は便器のなかを
すべってゆくマッチの燃《も》え殻《がら》だ

永久追放

無情な悪魔にぶら下がられて
鳴り立てる憐《あわ》れな鈴
馭者《ぎょしゃ》の唇へ
蛇がその青ざめた息を吹きかけている

こんな風の晩には
ぼくら不死身の神だって身ぶるいする
天国の鼻かぜや不滅の咳《せき》にもよくかかる
鞭《むち》の聞かせるまどろみの言葉で

いざ眠りこめば
不気味に放たれた赤い矢が
道を踏み外した魂のように
礼拝堂の風見《かざみ》にひっかかる――
そして夜という暗い喀血《かっけつ》は
モルグ街を望《のぞ》む屋根の鉛《なまり》に流れ込む

ああ　この悲しき日曜の夜
地獄じみて笑う雉鳩《きじばと》に
ぼくらは身分ちがいの結婚の夢を
投げつけてきたばかり
またひとしきり鐘の音に身をさらさねばならない
ワルプルギスの夜風と
月から湧《わ》き起《お》こる新たな呪文

飛べよ　ぼくらのほうき星
飛べよ　ぼくらの蹄《ひづめ》！

その翼にすさまじい羽毛《うもう》をもつ
不吉《ふきつ》な大みみずくが小道を裂《さ》いていく
いずれ星のない永遠の中に
ぼくらの馬車は砕け散るだろう
たぶん　きみのまぶたの裏にだけ
ぼくの地上での眠りが安置《あんち》されていたのだ
けれど　心はいつも馬の尻尾《しっぽ》にしがみついて
旅することばかりに煩《わずら》わされている

万物照応

どんな三月の空も
とかさない雪
肩に負うものは　もうこれだけだ
静寂《せいじゃく》な極地の氷で痣《あざ》を作りながら
わたしは腰を季節でみたし
泉を膝当《ひざあ》てとする

わたしの奔放《ほんぽう》さは

成年に達《たっ》したばかりの牡鹿《おじか》の大群のよう
内側で地の奥底で
わたしの両手ができたての色を溶《と》かすたび
新緑《しんりょく》のいのりは　木に熟《じゅく》してゆく

気づけば　眼のなかに
一羽の鷹《たか》が巣をかまえていた
わたしは大きな鳥の知ることのみを糧《かて》とする
だから歩みごとに起きあがってくる風景を
一度として顧《かえり》みず
生きるべき土地も　歌わなかった
いかなる上昇《じょうしょう》も　いかなる頂上《ちょうじょう》も
瞬間に君臨《くんりん》することはない

雪崩《なだれ》が歌い上げる
高らかな凱歌《がいか》の飛沫《しぶき》とともに
わたしは千の狼　千の野生の種子を
昼顔さえ残さずに
みな一緒に運んでいく

おお　来たるべきすべての庭よ
わたしの血には　季節がある
永遠の樹の中で
果実に変わった鳥と同じように
わたしはおまえのものだ

白い雲の前髪を払《はら》い
この一瞥《いちべつ》によって照り返す虹

わたしがめざす　あの凱旋門《がいせんもん》は
百万の色をもつ虹であった

多島海

海は後ろへ去っていく
海は眠りへ去っていく
カモメのかろやかな寝息をたてて
横たわるアルベルチーヌ
わたしは　その眠りの上に船出する

艶《つや》やかなわき腹《ばら》がゆっくりと地球儀のようにまわる
わたしは糊《のり》づけされたリネンの海を
コロンのように航海する　まるでおまえの夢の一瞬に

ふれることが出来るかのように
その皮膚《ひふ》より　少し下に鋭く引かれた青い水平線
不動の丘　湾
そして永遠に世界を忘れようとする肩
メランコリーの蛸《たこ》が黄金の吸盤《きゅうばん》で締《し》め付《つ》ける乳房は
海の愛で膨《ふく》らんでいく
蟹の横這《よこば》いする太陽に捕《と》らえられて
一瞬ごとに帆は色を変える
ついに幸福が銀のともづなを編《あ》み
わたしはそれに銛《も》られて伏《ふ》す

やがて高潮《たかしお》が去ったあと
砂のざらつく枕に縁飾《ふちかざ》りとなって残されたのは

海藻《かいそう》のヴェールや貝殻の刺繍《ししゅう》……
ときおり海の泡から紡《つむ》がれた指が
タツノオトシゴのように眠るペニスのほうへと
寂《さみ》しそうにまつわっていく

いまや　わたしたち二人　波と塩で作られた波の完ぺきな鏡
かつて愛した群島《ぐんとう》が痣《あざ》のように浮かび
いつしか　わたしは暗礁《あんしょう》なしに膨《ふく》れ上がるサテンの河を見つける
緩《ゆる》やかな幸福に舫《もや》う船にも似たベッドの上で

興行主《こうぎょうぬし》

仮面劇を終えて
あなたは　僕の額《ひたい》にグラスを投げつける
血に塗《まみ》れたキツネが顔の上に扇《おうぎ》をのせて横たわっていた
遠くで糊《のり》のきいたドレスの絹擦《きぬず》れの音が
部屋から部屋へと　甘美《かんび》な雷鳴《らいめい》を響かせていく

シャンデリアを飾る
磨《みが》き上げたガラスの滴《しずく》をなめながら
夢見《ゆめみ》のヴェールを脱ぎ捨て

亡霊避《ぼうれいよ》けの手袋を取り去り
腕のない女たちの屋根裏に
あなたは月と百合《ゆり》の足音を隠す
そこはかって数々の愛撫《あいぶ》が
美《うつく》しい髪の重さの下で蒼《あお》ざめていった場所

うつろな夢がオパール色の肌をすべりながら
物事の儚《はかな》さを払ってくれる鏡の後ろに落ちる
いま　あなたは暗い廊下の奥のふたしかな微笑となった

銀のビーズの煌《きら》めく目を持つ
蜘蛛の背に馬乗《うまの》りになって
僕は物憂《ものう》げに壁紙を這《は》う
あなたがふれるものしか見えない

僕はあなたの靴の中にバラをうえた
かつて　ひとつの香りをあなたが選び
僕はいまもそれに忠実《ちゅうじつ》であった
それまでうつむいていた僕が目を上げると
そこ此処《ここ》の花瓶には花が大きな束《たば》にして挿《さ》してあり
すべてを合わせてみれば　こんがらかった藪《やぶ》になるほどだ
そして淋《さみ》しげな黒檀《こくたん》のクラブサンは
やさしい鳳仙花《ほうせんか》のしおれた杯から見放され
楽器を奏《かな》でた亡き女の指を悲しんでいる

夜の白《しら》むにつれ
ガラス戸越《どご》しのパリの街が　古びた銀板《ぎんばん》写真のように
おぼろに薄れてゆく
もはや蛾《が》はネクタイの沈黙を乱《みだ》さず

僕の願望の鼻孔《びこう》は　かすかに残る青いパステルを吸い込んだ
身に合っていた服の縫《ぬ》い目すらもはや感じない
夜会服《やかいふく》はワードローブの中で色あせ　萎《しお》れるにまかせておく
衝立《ついたて》のうしろで夜が巡《めぐ》り
僕は黒い手袋の中のダイアの重さを測《はか》り終える

失楽園

ツバメの描く輪のなかに
嵐は予告され
庭はつくられる
すべての果実に
別離《べつり》の香りがあると
告げるために

苦《く》境《きょう》

ある夕暮れに　ぼくらに向かって
黄色い蟻が　黄色い群れとなってやってくるとき
ある夕暮れに　押し寄せる群れのせいで
空気が重くなるとき
ああ　ぼくらはみな輪になって
ここに坐り　酒を飲もう

ぼくらにはまだ花があった
ぼくらにはまだ夜の集《つど》いの幸せがあった

腹を熱くする炎に心底《しんそこ》笑った
だがその時　素早く容赦《ようしゃ》ない風のひと吹きが
花も幸せも吹き払ってしまった

立ち昇る煙のように
屋根という屋根から
ぼくらの国が立ち昇った
ぼくらにはもう天も地もない
兄弟姉妹も　夫も妻も　母親もない
体が魂に時をたずねても
もう知ることはできない

あのさまよう犬たちも虚《むな》しく探している
人間についていこうと　人間であるはずのものを

馬も　牛も　ロバも　荷を引く獣たちは
死に果てた野から野へと　死ぬまで歩くだろう

ぼくらが出発するとき　長く尾を引く叫びをあげて
怒り狂った天の残骸が追いかけてくる
神のみが　もしお望みならばだが
この逃走を確信しておられた
ぼくらの体は　神の熱で褐色《かっしょく》になった
そして手も取り合わずぼくらは去っていく

いくところに国はなく　情け容赦《ようしゃ》ない地を通るしかない
ぼくらは古靴のように歴史を履《は》き潰《つぶ》していく
天使たちは敵となり
ブリキの月を叩き潰す

町の広場に揺《ゆ》りかごが残っていようものなら
ひっくり返してしまう

雨と鉄《てつ》の時は石のうえを
ぼくらの閉ざされた呪いのうえを過ぎていく
いまだ真実はとおい
ぼくらは黙示録《もくしろく》を長く生き延びすぎた
白い埃がくるぶしのあたりを流れ
みんな物思わしげに歩いていく
王も　奴隷《どれい》も　大工も　詩人も……
歩いていく　歩いていく
帰り道はない
ぼくらの目から目へ雲が流れる
ソドムがバベルに向かうように――

キャッチ・ア・ファイアー

初めて女の子といっしょに
歩いたのは一二のときだった
外は寒くて　ジャケットの中の
二つのオレンジが重かった

一二月　靴底で霜柱が音を立てた
青味がかったコンヴァースは
適度に秋の風雨にさらされて
どんな色よりも

おれを喜ばしてくれた
白い息を吐きながら
彼女の家の方に
歩いて行った　昼も夜も
どんな天気の日にも
黄色い門灯がついている家だった
犬がおれを見て吠えた　やがて
彼女がミトンをはめながら
出てきた　ルージュをさした顔が
微笑んでいた　おれも笑みを返し
肩にそっと手をのせ　先に
立って通りを歩き
スクラップ置き場と
枯れた雑草が無精《ぶしょう》ひげみたいに

スケッチされた空き地を横切った

やがておれたちはドラッグストアの前で
白い息を吐いていた　中に
入った　小さなベルが鳴り
両脇に商品の並んだ通路から
店のおばさんが出てきた
生地《きじ》が段々に重なった
お菓子の方を向いて
何が欲しいか彼女にたずねた
目がきらっと光って　口もとが
ほころび始めた　おれは
ポケットの中で五セント玉をもてあそんでいたが
彼女が十セントのチョコレートを取った時も

黙《だま》っていた
おれはポケットから　五セント玉と
オレンジ一個を取り出し
何も言わずにカウンターの上に
置いた　顔を上げると
おばさんの目とおれの目があった
どういうことか　よく分ってくれているその目が
おれの目を
見つめていた

店内のラジオから小さく聞こえてくる
ロイ・オービソンが歌う孤独な者たちの歌
だぶん　おれもその一人
――――外に出た

ときどき車が横を通り過ぎた
空の静かな電線には無言《むごん》の小鳥たち
みんな一斉に飛び立つときの
翼のざわめき
おれは彼女の手をそっと握《にぎ》って
二ブロックほど歩いた
手をはなすと
彼女はチョコレートの包み紙を破《やぶ》いた
おれは残ったオレンジの皮をむいた
オレンジは灰色の一二月を背景に
とてもまぶしかった
ちょっと離《はな》れたところにいた奴《やつ》には
両手の中で火を起《お》こそうとしていると
思ったかもしれない

酒の魂

涙の酒　これこそは世界の脂《やに》だ
喉《のど》の中でも色あせない　この酒が
おれの声を染《そ》める
ずらりと並んだ酒瓶《さかびん》を見てくれ
おれはコルクを集めている　そいつで魂《たましい》に
栓《せん》をするんだ
さあ　おれと一緒にテーブルの上にのぼれ
酒瓶の首を透《す》かし
遠い世界の観察をしよう

もっと酒に強く
もっと趣味が上品だったら
おれは今ごろ天文学者だ
臆病《おくびょう》なヒモはビールの泡《あわ》でも買うがいい
おれの酒癖《さけぐせ》が死への意志《いし》を養《やしな》っている
グラスの中で立ったままでいる以外
どうやって眠ることができよう

この退屈《たいくつ》な人生で　なにが最悪の部分なのか？
ふさぎこんだ愛人
わめきたてる妻……
両手の中で一つの軽いトランプの家が倒れる
おれは手を欠いた一本の指のように孤独だ

嫌《いや》な臭《にお》いの染《し》み込《こ》んだトランプの札《ふだ》の中で
二枚目のハートのジャックと
スペードの女王が
消え去った昔の愛を　暗い顔で囁《ささや》きあっている

運命の姿

朝霧《あさぎり》の中　彼は馬を駆《か》った
その拳《こぶし》に大きな目をした鷹《たか》をのせ
ブロンドの髪は燃える太陽と
雨とにあてて褪《あ》せさせた
稲妻《いなづま》と雷《かみなり》が縦横《じゅうおう》に行きかう
その嵐の肌
山を越《こ》え　谷を越え
万里《ばんり》の波濤《はとう》を越え
彼　戻《もど》ってきた

亡霊　戻ってくる
誰もこれ以上頑固《がんこ》に
つきまといはしなかった
これ以上の手管《てくだ》は使わなかった
これ以上　堅い決意《けつい》は貫《つらぬ》かなかった
空《むな》しくつきまとうために
自然を成《な》すものの
寄せては返す動きを真似《まね》るため
全世界にわたってつきまとい
自然を成すものとなるため
光にずぶ濡《ぬ》れになって
彼　戻ってきた
亡霊　戻ってくる
木にぶちあたり　海にぶちあたり

傷つけるため
立ちはだかる障壁《しょうへき》となるため
立ちはだかる
蹄鉄《ていてつ》は錆《さ》びていてもかまわない
沈黙の淵《ふち》をあらゆる限界
境界《きょうかい》に立てて
倦《う》み疲《つか》れぬ波
倦み疲れぬ島
そして倦み疲れぬ風が
終わるため境界に戻ってくる
砂と泡との間
崖と雷雨との間
森の縁と麦との間に置かれ
手綱《たづな》は手の中で溶け

鐙《あぶみ》が蠟《ろう》のごとく流れるのを感じ
彼　戻ってきた
亡霊　戻ってくる
あらゆる場所へ
自然を成すものに取って代《か》わるため
彼とは別の者がぶつかる
自然に　戻ってくる
祝福を司《つかさど》る力を持つために
彼　果《は》てにいる者
家を打ち立てる
谷と野との出会う場所に
打たれる　砕かれる
沖積土《ちゅうせきど》　あるいは熔岩《ようがん》の運ぶ
堆石《たいせき》に動けない　楔《くさび》を打たれる

雲の堆石と森の堆石との
交《まじ》わる場所で
けれど昼　再び生まれる
彼の心臓　再び
馬の腸《ちょう》のながい管《くだ》を巻く
荒々しいものへの憎しみはなく
むしろ感謝する
鉱脈《こうみゃく》と台風　雪崩《なだれ》と井戸とに
崩《くず》れては彼を埋《う》め込むだろう
鉱脈と台風　雪崩と井戸とに

エアリエル

風が　きみのそばかすを
吹き飛ばす夢を見た
ぼくは　笑いの種子を粉に挽《ひ》く
よろこびの風車を持っていた
無垢《むく》な太陽が　きみの手と
同じくらい近づかないうちに
ぼくは消えずに走った

ギレアド

英雄《えいゆう》の香り込めた都の埃が
私の靴底にふれた
沈黙の年月のあとで
おまえに話しておこう
息子よ　旅はみな一つの帰還《きかん》だ

私はこの眼差《まなざ》しの涯《はて》まで
はるばる旅してきた
ただ一人　アテネから始まる道を歩んできた

この道は聖なる終点　エレウシスに至《いた》る

目に見える一歩一歩が
失われた一つの世界だった
いつも私にはこの道が
あの魂のたどる道のように思われた
この道はとてつもなく大きな河のようだ
私は人から忘れられるほど
遥《はる》か遠くに生きていたのだ

薪《まき》の束を山と積《つ》む牛車の群れがゆっくりと
流れるように私の前をよこぎって行く
指についたレンガの粉を
私はそっとこすり落とした

それは故郷の街々に寄せた大いなる愛が残したものにほかならない
日々は皮のようにいつのまにか私の上で堅《かた》くなっていた

安息日の鐘が清《きよ》らかな流れの石の上に響き
めくるめく休息が疲労《ひろう》に入れかわった
街道《かいどう》の風のなかに私を待つものたちも疲れはて
合唱隊も私に背を向ける
気づけばこの無限の外《はず》れへと導かれていた
ここでは　石もただ一人　広大で灰色の魂をもつ
石こそが時をはこぶ唯一《ゆいいつ》の背中だった

今日　私は色あせた路傍《ろぼう》の片隅に根をはった岩を見つけた
それは遠い昔　運命が私を結びつけた王座のようだ
坐ると

私は膝の上に組んだ手をのせて
ふさわしい言葉が紡《つむ》ぎだされないことに喜びさえ感じながら
この動かない光のなかで　私はそっと口を動かしてみる
そして自分がこの道をたどり始めたのは
今朝のことなのか　遠い昔のことだったのか
すっかり忘れてしまっていた

衰《おとろ》える世界の歩みのように
遠くから何かが近づいてくるのを感じ
私は顔を上げる
その時　道のかなたから
この静けさの中に三つの影が入ってきた
ジプシーが一人　向こうからやってきたのだ
男とともに　鎖にひかれて

のろのろと　二匹の熊も現れた

男をたしかめるすきもあたえず
ジプシーは私を見つけ
肩からタンバリンをとり出すと
片手でそれを打ちならし　他の手で
力いっぱい鎖《くさり》をしごいた
すると二匹の熊はのろのろと後足《うしろあし》で立ち上がった
おそらく母熊にちがいない大きな熊は
頭のまわりに玉飾りをつけていた
そのてっぺんの白い羽根の魔除《まよ》けを閃《ひらめ》かせて
のっそり立ち上がれば
見かけよりずっと大きく見える
この雌熊《めすぐま》はまるで太古《たいこ》の大いなる女神像のようだ

永遠の母の姿のようだ

神のように悲しげな　この雌熊の仕草《しぐさ》は
その昔　まだ人間の姿だった頃　デメターと呼ばれ
娘を探し求めた時のようだ
また　アルクメネーと呼ばれ
聖母と呼ばれ
息子を慕《した》い求めた時のようだ

そして　そのかたわらの仔熊も
まるで大きなおもちゃのように
無垢《むく》なる幼子のように　おとなしく立ち上がる
そそがれた母の燃えるようなまなざしに映し出された苦悩の時の長さも

捕《と》らわれの悲しさも　測《はか》りかねて

だが　ものうげに踊る動作はのろかった
ジプシーはしたたかな手さばきで
幼い熊の鼻面《はなづら》を　たくみに打った
つけたばかりの鼻輪にこびりついた血痕《けっこん》は
数日前のものだったが
たちまち母熊は苦痛にうめきながら　まっすぐ立つと
わが子に顔を向けて　元気を出して
踊りはじめた

私はそれをみつめながら　しだいに
世界の外へつれ出されていった
時間を超えて　ローマの赤錆《あかさび》にとらわれた形からも

さまざまな偶像《ぐうぞう》からも　自由になって
私は世界の外にいた

この灰色の顔から白日の漆喰《しっくい》がはがれ落ちた
ふと我に返り　目の前に見たもの
それは　またしても
青い玉飾りを頭につけた大きな母熊の姿だった
その持ち前のおとなしさから　鼻輪をひっぱられ
大いなる悲しみのうちに立ち上がり
世の始まりからの苦悩のすべてを証《あか》している姿だった

いまは死んですら　生きること以上のなぐさめにはならない
人間の歴史が始まってこのかた
いまだに魂は重荷を下ろしてはいなかった

今までずっと　今もなお　魂だけが地獄にあるからだ
その間　ずっと私もまたこの世の奴隷《どれい》にすぎなかった
彼方では　誰もかれもが独りになって
いずれ地球の心臓の上に立ちつくすだろう

私は頭をたれて　タンバリンの中へ
小銭を投げ入れてやった
そしてジプシーが　二頭のものうげな熊を
うしろにひきずりながら立ち去り
暗闇に消えてしまうと
私は太陽で肩が赤くなったことに気づき涙《なみだ》した
河がその旅を愛しはじめたように
私はふたたび道を急《いそ》いだ
廃墟の中を　魂の神殿エレウシスへ導く道を

歩みながら　私の内部で心がうずいた
『あの熊の魂と　ジプシーの魂が
許された私の魂とともに
祝宴《しゅくえん》にあずかる時が訪《おとず》れるだろうか
悲しみの歴史しかもたず
翌日のための歌しかもたない我らに
そのような日は訪れるものだろうか』

道を歩むにつれて
夜の飢《う》えた鋤《すき》は古い年月の軌道《きどう》を走り
ふたたび　運命の切り裂いた傷口から
暗闇が私の心に入ってくるのを感じた
それはまるで刻々《こくこく》と沈みゆく船の裂《さ》け目から
ふいに　はげしい勢《いきお》いで水が入っていくようだった

いつからか私の心は　この黒い波の流れに渇きをおぼえていた
私の心が暗闇に　まるで溺れるように沈んでいくと
かすかな一つのつぶやきが
水色の聖痕《スティグマ》となって
私の上にひろがっていった
一つのかすかな呟《つぶや》きは
私にこう告げているようだった
『その時はやがて訪れるであろう
お前は今　ルツのように遠くあって
いかなる農夫の鋤《すき》も
お前の骨にふれることはない……』と

夜のロマンツェ

夕べの青い水門のうしろで
蛍が釣り針をひく
迷子の星たちは簗《やな》の中へと泳いでゆく
乳のような薄明りの魔法をかけられて
安らかにほぐれる藻草《もぐさ》

水の中には柔和《にゅうわ》なものが住んでいる
冷たく　あどけない額は　神の色を夢み
狂気の柔らかな鰓《えら》の翼を感じている

かれの獣《けもの》の苔《こけ》むした瞳が
冷たい月の光のまどろみをうつす
疲れ果てた瞼《まぶた》は銀色にきらめく

赤錆びた格子《こうし》からほどけていく
何年も昔の葡萄の香りが
ゆっくりこの水のなかへと注《そそ》がれる

ふしぎにも繭《まゆ》のようにつつまれて
ぼくらは静かに川を下っていく
ぼくらの中を夜が飲み物のように
吹き抜けていく

緑色の傷を持つ星たちは

オールから滴《したた》り落ちて
夢見心地に漂っていく
そして風がぼくらの命を揺らしてくれる
葦《あし》や藺草《いぐさ》をゆらすように

ぼくらの水晶の顔は
いま　こんなにかすかだ
時おり　魂が明るくなる

いつしか二本のオールは
ぼくらの眠りに寄りそって眠る

行軍

忘れよう
あの丘に誰がいようとも
雪に埋《う》もれた馬たちの赤い眼以外
ここでは何一つ残らない

消え失せた者たちは正《ただ》しい
雪原《せつげん》を行く者は誰でも
幼《おさな》きもの　力なきものでさえ
人の足跡ではなく　雪深い処女地《しょじょち》を

わずかといえども踏《ふ》み固めなくてはならない
足音が舞い散る雪の玉によって大きくなっていく
ぼくらはナポレオン軍の
ロシアからの撤退《てったい》を思い出す破目《はめ》になった
大きなものも　悲しみの荒涼《こうりょう》たる小屋も
いまのぼくらを隠すことはできない

すべてが天国の門から遠かった
ぼくらを愛するものはいず
ぼくらのためにランプを振《ふ》るものもいない
けれど　ここから遠く離《はな》れて在《あ》るものの中には
なにか遠く離れて身近《みぢか》なものがある

もっとそばに　ぼくらも行きたい

時が閾《しきい》の言葉をはなし
千年が雪の中からみずみずしく身を起こし
さまよう眼が
みずからの驚嘆《きょうたん》の中にやすらい
茅屋《ぼうおく》と星とが
その間にもう道が通されたように
青空の中で隣《とな》り人同士《どうし》のように出会い
よりそって立つところに

いま　いつか　どこかで
ぼくらのよろめき進む数歩が
白い休息へとむかう
あの暁《あかつき》には見えない休息の場所へと

夢《む》魔《ま》

拍車《はくしゃ》の鳴る音が
この月のために
薔薇やリラの花で
飾られた廊下に
響きわたった

薄明かりの広間から
ふいに軽いショール姿の
あなたはそっと抜けだした

夢みだれ
彫像《ちょうぞう》たちも揺れ
絹《きぬ》の縄《なわ》ばしごが
ベランダで揺れた

ぼくは手長猿《てながざる》の優雅《ゆうが》さで
鐘楼《しょうろう》から鐘楼へと
綱《つな》を張り渡し
窓から窓へと花飾りを添《そ》え
星から星へと金の鎖《くさり》を掛けた
そしてふたりは踊った
ぼくらは誰の邪魔もしなかった
眠っている召使たちを
起こしはしなかった

銀の指をもつ噴水《ふんすい》が
世界を盗むとき
覆《おお》え　夜よ
ぼくの目を
道化師《ハーレクイン》の帽子で

終戦の朝

彼は夜半《やはん》にやってきた
その両足は切断されて
古い傷口には　ずっと以前に
新しい皮膚《ひふ》ができていた
彼は三階の窓から来た
入ってくる様子は驚くべきものだった……

自由はもはや季節とかかわりがない
人々は恐ろしい悲しみの時を生きたのだ

多くの者が愛する者を失った
軍靴《ぐんか》の響きのどんな洞窟《どうくつ》の中で
わたしは守られてきたのだろう
わたしの中で時が歩兵《ほへい》のように行進した
紙屑《かみくず》の散らばっている街を
蓄音機《ちくおんき》から駆《か》け去った犬が
嬉《うれ》しそうに飛び跳《は》ねていた

両腕に花束をいっぱいに抱《かか》え　疲《つか》れた心で
彼のいないアパルトマンの部屋へ入った
今日は嘆《なげ》きゆえに貧《まず》しい
色彩は衣服から抜《ぬ》け落ちた
世界ほどにも大きな部屋の中で
無言《むごん》にひたる歳月《さいげつ》がわたしを裸にしていく

彼が来た時
わたしは水晶のように凍りついた
彼はわたしを蠟《ろう》のように溶かした
夜の織物《おりもの》のように
夜明けの羽毛《うもう》のように
激《はげ》しい希望で
わたしを変えた
わたしの皮膚《ひふ》は
ナチスのランプシェードのように輝《かがや》いた
勇猛《ゆうもう》な彼の
銃剣《じゅうけん》のように剝《む》き出しの言葉が
朝の雲から流れでる霧《きり》になって
薄《うす》れていった

帰《き》途《と》

夕べの光　黄色くみなぎり
四月の冷気《れいき》はやさしい
何年も遅れた　あなた
それでも　わたしはうれしい

慈悲《じひ》とあわれみの都市の屋根から
ふわりと　あなたは
わたしの肩に舞いおりた

わたし達はじっとしていた
みじろぎもせず
無垢《むく》な時間の風がわたし達の間に通《かよ》った
わたしは彼女に話したかった
きよい　きよい鳩よ
あなたは　安住《あんじゅう》の地を見つけたんだね
わたしの唇が彼女にそっと触れると
その羽毛は真紅《しんく》になった

夷狄《いてき》を待ちながら

ローマのなかにローマを探し求めて
光は力を失い　疲《つか》れ果てた
傷痕《きずあと》はまだ胸元《むなもと》に残っている
傷痕はまだ額の角《つの》に残っている
われら墓碑銘《ぼひめい》は血に塗《まみ》れた月
怒りは星座を育てるだろう

玉石《たまいし》の道に焼けた草は

星々の亡骸《なきがら》と共に
いずれ風が運び去る
村の天使たちでさえ
もう消して飛翔《ひしょう》はできまい

太陽を離《はな》れた思いが降《お》りてくる
鳥籠《とりかご》のような世界は
だんだんと暗くなる

光が鳥籠のなかで呼んでいる
声は沈み
再び甲高《かんだか》くなってくる頃が
やはりけたたましい

広場からは叫び声と
刀剣《とうけん》の音が聞こえるばかり
広場はつまり戦場であり
戦士たちが勇敢《ゆうかん》に向き合い
殺し合う

かれらは時に喚声《かんせい》を上《あ》げ
時にはやり歌を唄う
だが　かれらにとって
剣と剣が打ち合うのにまさる音楽はない

その身に野のひなげしを纏《まと》う若い少女が
飢えている大地へ足を踏み出すと
地底は即座《そくざ》に溜息《ためいき》をつき

帳《とばり》を下ろす

疲れ果てた戦士たちが兵営《へいえい》に戻る
窓の外に
花園の野原は眺められない
暗闇の夜がすでに到来《とうらい》し
光はからだを丸く縮《ちぢ》め
尻込《しりご》みし
牡牛《おうし》の角飾《つのかざ》りをした死の顔の男のように
舌を嚙み　硬直《こうちょく》する
額に凝固《ぎょうこ》した血や
目に充血《じゅうけつ》した血が
やがて怒り狂った声を吐き出す

おまえは一体何者なのか
光よ　血の中に
あの刃《やいば》を必要とするとは

ここはどこなのか
誰が幻のようにやって来ては
立ち去るのか
他の者たちは狂気にかられ
アレクサンダー大王のあとを追い
アジアの奥に埋《う》もれた栄光《えいこう》を求めた

それからフビライ汗《かん》が
やって来た
フビライ汗が幾千《いくせん》の蹄《ひづめ》につまずきながら

立ち去ると
つづいてティムールが現れた

ティムールだけが最後の屠殺者《とさつしゃ》ではない
柵《さく》の後《うし》ろを片目《かため》のラクダに乗って
走っていった　あの予言者《よげんしゃ》も
かれらと変わらぬ同類《どうるい》だ
ちょび髭《ひげ》を生《は》やし　少なからず
プラトンに似る男
詩人を育て上げては　また詩人を虐殺《ぎゃくさつ》する

男がパゴダを攻《せ》め落《お》とす時
あの投石《とうせき》によって
歪《ゆが》められた手も

目覚める穀物畑《こくもつばたけ》のなかに沈む
光が知と愛とを獲得《かくとく》するには
まだまだ幼い

だが倒《たお》れてはまた起き上がる者　それは
ティムールでも他の者でもなく
ぼんやりと定《さだ》かではない
このうす汚れた光だ
光は灯《ともしび》のない世界で愛を求める
光は知っていた
広々と果てしない群れなす島々で
おのれが孤独な漂泊者《ひょうはくしゃ》であることを……

拷問《ごうもん》の太陽の下

死は大地のほころび崩れた肉体
幾世紀《いくせいき》もの百の扉がわれらの血を塞《ふさ》ぐ
残るは叙情詩《じょじょうし》——
誰《だれ》がよりよい歯を持っているのか
血か　石か

休戦

空と痣《あざ》の色に染められた一瞬
あなたはバラ色の伏兵《ふへい》となった
その額に　そっと置《お》かれる鳩《はと》の翼《つばさ》
漂《ただよ》うひとひらの羽毛《うもう》すら
あなたの姿を描《えが》くことができる

光の隠れる丘の頂《いただき》の上から
夕闇の草むらへと向けた顔は
こんなにもやさしい

頰《ほお》のように柔《やわ》らかな平原が
幸福な時間のなかに熟《う》れてゆく

歩兵《ほへい》の時代は終わりを告げた
あなたの靴が太陽のなかに
はき捨《す》てられたまま
神々はそれにかざして
いつまでも手を温《あたた》めている

メモランダム

あの美しい日々
　ぼくが携《たずさ》えてゆくのはパリ
　　この影絵芝居……
街が骰子《さいころ》や扇《おうぎ》や鳥の歌のように
または海辺の巻貝のように見えるとき
さよなら　さよなら　花咲く乙女《おとめ》たち
　ぼくらは今日逢《あ》った
明日が来れば永遠に会うことはない

あの美しい休日
　ぼくが携えてゆくのはパリ
　　この影絵芝居……
街がボールやトランプの札やオカリナのように
またはゆれ動く鐘のように見えるとき
　日のあたる通りでは
通行人たちの影が口づけしあい
たがいに見知らぬ他人として別れてゆく

あの美しい夕刻
　ぼくが携えてゆくのはパリ
　　この影絵芝居……
街が時計や口づけや星のように
またはぐるりと廻《まわ》るヒマワリのように見えるとき

最初の和音《わおん》にあわせて
乙女たちの踊りの翼は手をふった
まるで最初の夕日にはばたく蛾《が》のように

あの美しい夜
　ぼくが携えてゆくのはパリ
　　この影絵芝居……
街がバラやチェス盤《ばん》やヴァイオリンのように
または泣いている乙女のように見えるとき
ぼくは黒い点々のついたドミノ札で
ナイトクラブの瘦《や》せた娘たちと遊んでいた
娘たちの足はすっかり肉が落ちていた
その両ひざは望《のぞ》みなき愛の王国で
ガーターの絹《きぬ》の冠《かんむり》を被《かぶ》る

ふたつの髑髏《どくろ》を思わせた
あの美しい夢
ぼくが携えてゆくのはパリ
この影絵芝居……

扉のエレジー

蠟引《ろうび》きの屍衣《しい》にくるまれた記憶が
諸々《もろもろ》の河の香りを解き放つ
遠く　エジプトの男たちは
生まれたばかりの鰐《わに》のように泣く
おまえは声を失った象形文字《しょうけいもじ》
ずっと以前に微笑んだ愛が
ミイラの顔を保《たも》ち砂の言葉を語る
おまえの沈むところ深さはない
足りた

おまえの息を葦《あし》のなかに運ぶだけで
わたしの踵《かかと》の下
砂でひと粒の種《たね》がはじけさるには……
すべては不意にやってくる
そして何も残らない
何も　ただ　しるし　わたしの王宮
扉の上に
むくろを焚《た》き染《し》める者の
焼けた手の跡《あと》

処女航海

かもめの影が消えるところ
おれは故国《ここく》の荒れ狂う海の訛《なま》りで語りかける
いかなる大地の運命に　波は墓碑銘《ぼひめい》を刻《きざ》むのか
いかなる大空の孤独に　雲は艫綱《ともづな》を解《と》かれたのか
見ろ　陸地から煙が立ちのぼる
漁師《りょうし》の小さな小屋を見失うな
太陽は沈むのだから
おれが十マイル進むごとに

風の翼は　おれのために墓石《ぼせき》を叩いて泣き叫び
風の爪は　海の咽喉笛《のどぶえ》に突き入り
締《し》め上げる
あまりにもおれは泣いた！
積年《せきねん》の渇《かわ》きを癒《いや》すために母なる海が欲しい
曙は胸をえぐり　月は
すべて耐《た》えがたく
太陽はすべて苦《にが》い
逃げ出そう！
あそこへ逃げ出そう！
深く湧《わ》き出《で》て　水面に躍《おど》り出る
船のように生きよう
おれは感じる
世界が立てる帆布《ほぬの》の大いなる鼓動《こどう》を……

太陽に舵《かじ》をとられ
船はすでに盲目《もうもく》の旅に出ている
魔法のランプのように忠実《ちゅうじつ》に
ざわめき立つ魚どもの影を
白熱《はくねつ》の光が映しだしていく
銀の舳先《へさき》は指揮棒《タクト》を気取《きど》り
ワルキューレ顔負《かおま》けに水泡《みなわ》を打《う》ち据《す》え
血みどろ珊瑚《さんご》の臓物《ぞうもつ》を引き抜く
荒れ地の潮流《ちょうりゅう》と
引き潮の巨大な轍《わだち》とが
輪を描きながら東へ流れる
森の列柱《れっちゅう》のほうへ
突堤《とってい》の杭《くい》のほうへ

氷河の角《かど》にぶつかっているのは渦巻く光だ！
天体の教義《きょうぎ》を覆《くつがえ》すその光を
おれは愛した

もし　彼方《かなた》に目をやれば
おれにはまだあの木が見える
それは反抗的《はんこうてき》に腕を掲《かか》げる
木はすべて　震える帆だ
油断《ゆだん》ない一本を風はもう叩き落した
力強い北の気候がおれのうなじを叩き
ひらかれた臭覚《しゅうかく》を塩漬《しおづ》けにする
そしておれは考える
あとどのくらい　あとどのくらい
あの捩《よじ》れた木は悪天候に耐《た》えるだろうかと

すべての生には打撃《だげき》があった
こんなにも激しい打撃をおれは知らない
神の憎しみの下す打撃をまえに
ありとあらゆる苦しみの砕け散る波が
魂の中へと澱《よど》む
陸のものはもう何も見えない
おれは片方の手で砂州《さす》に爪を立ててしがみつくか
それとも　一房《ひとふさ》の巻き毛で
岩礁《がんしょう》におれ自身を縛《しば》りつければよかった
難破《なんぱ》の樽《たる》におれの血がぶつかっている
虐《しいた》げられた海の水に実《みの》りはない
おれは叫ぶ
神がはじめに創《つく》ったものは愛
それから血

そして血を求める渇《かわ》き
肉体の精液《スペルマ》が　塩のように
渇《かわ》きを駆《か》り立てる
おれは叫ぶ
神がはじめに創《つく》ったものは長い旅路《たびじ》
青い煙のたなびく家が待《ま》っている
木戸の前には老いた番犬も見える
主人が帰り　己《おのれ》が死ぬことのできる日を待っている

テーブルについて船乗りたちは今
燻製《くんせい》ニシンを食べている
それから男たちは跪《ひざまず》いて
網《あみ》を繕《つくろ》うだろう
けれども夜には　眠りがくるだろう

一時間か二時間
おろかしい角灯《カンテラ》の眼《め》を懐《なつ》かしむことなく眠るだろう
そして　彼らの手は柔《やわ》らかくなるだろう
塩や油から解放《かいほう》されて
イエスがちぎる夢のパンのように
柔らかくなるだろう

おれは寝返りをうつ
あの下の方　誰も訪《おとず》れたことのない海の墓場では
水がいくつもの聖書をめくっている
おれは貝の中のワインのように眠る

いま　脇《わき》の下に
錨《いかり》の刺青《しせい》を入れた裸の腕が振《ふ》り上げられる

あそこで太綱《ふとづな》に何かが起こった
おれは呼ばれる　そしておれは嬉《うれ》しい
必要とされることが
いちばん良いのは船の上の仕事だ
つらなる帆のもと
はるか遠くへ航海する船たちの
太綱《ふとづな》を結ぶこと　水を汲《く》むこと
壁の水漏れを防《ふせ》ぐこと　そして積《つ》み荷《に》の番をすること
いちばん良いのは　疲れること
そして　夕べに横たわること
いちばん良いのは　朝に
最初の光とともに明るくなること
動かしがたい天に対して立つこと
進めない水を気にかけないこと

そして　くり返し戻ってくる太陽の岸に向かって
船を波の上に持ちあげることだ
そうすれば　波間から
いつか夢に描いた故郷《こきょう》が生まれ
おれは永遠に愛を捧《ささ》げる少女と出会う

残響区域《ざんきょうくいき》

ドレスデン　残余《ざんよ》の都
ここでは大天使ガブリエルのスカーフが
軋《きし》る戦《いくさ》の車輪に留《と》め置《お》かれ
飛《と》び帰れずにうずくまっている
歯に着せた衣《きぬ》は裂いた　歴史よ——
塵埃《ちり》を巻き上げ　すべてを消しさる風は
まことに我を傷《いた》ましめるのか
見よ　待《ま》ち伏《ぶ》せする瓦《かわら》や
十字架像の恵《めぐ》みの彼方《かなた》に埋《う》もれるまで

マイセン陶器《とうき》に描《えが》かれた列王《れつおう》の行進が
爆撃のあともつづく
火の中に逃げ込む天使たちを最後に見たのは
曲芸《きょくげい》する動物たち　計算できる馬や
煙の祈《いの》りを欲しがらぬブレイクの虎《とら》
これらのひとつとして怪物とは言えまい
あの抜かりない小僧ども
低空飛行《ていくうひこう》で人畜《じんちく》をさらう飛行士たちに較《くら》べれば
やつらの芸には空中ブランコも
曲芸場の高みに張る網《あみ》もいらぬ
鉛《なまり》の頭した亡霊の突風《とっぷう》にさらされて
炭化《たんか》した使徒《しと》たちが屋根の上で驚愕《きょうがく》している

パルチザン

木々を通《とお》して震《ふる》えている雉鳩《きじばと》
霙《みぞれ》がまた追憶《ついおく》を大きな機織《はたお》りで紡《つむ》いでいく
それは冬の初めのことだった
死んでいった農民の亡骸《なきがら》の入った松材《まつざい》の柩《ひつぎ》を
おれたちは森の奥へと荷車《にぐるま》で運んでいく
一斉射撃《いっせいしゃげき》の情《なさ》け容赦《ようしゃ》もない音が響きわたると
きらめくダイヤモンドのように
別《わか》れの最後の叫びは死線《しせん》を希望と絶望に分《わ》かつ――

やがて　枯葉の上に無数の足跡が凍りつき
おれたちの服は暗い空の切れ端《はし》で覆《おお》われていく

また　霙《みぞれ》と暗い風
それは大地に満《み》ち世界を拡《ひろ》げ
青ざめた馬たちの首を起《お》こす
おお　果てしなく広がる乾《かわ》いてカラカラになった薊《あざみ》の平原
この風は星々と氷河から吹きつけてきたもの
おれたちはもっと固《かた》い涙の向こう側《がわ》を
見なければならない
極地《きょくち》の太陽の真紅《しんく》の香りのなかで
おれたちの顔が旗《はた》となって閃《ひらめ》く

兄弟

絨毯《じゅうたん》は冬の数か月のあと
乾燥《かんそう》させるため戸外に拡《ひろ》げられていた
弟が雀《すずめ》の折れた脚《あし》に
マッチの軸《じく》で副木《そえぎ》をしてやっている

室内にはまだ雪がもたらす
灰色の影がわずかにあった
煙突から差し込む陽の光が
暖炉の蓋《ふた》の煤《すす》をビロードのようにみせ

冷たい灰を仄蒼《ほのあお》く照らしている
水差しの凍った水と　格子窓《こうしまど》の空気
そして粗末《そまつ》なベッドを
ぼくらは分かち合ってきた

たまたまこの地上に生まれ
生ける人間として　ぼくらは大きくなった
デッサンの中に閉じこもって
日々が過ぎ　夜という夜が過ぎた
ぼくらはああした遊びをみなやってみた
愛された　幸せだった
ぼくらはこうした言葉をみな話してみた
身振《みぶ》りを入れ
わけの分からぬ語を口にして

それも無遠慮《ぶえんりょ》な質問をして
地獄にそっくりな地帯《ちたい》で
ぼくらは大地に生み殖《ふ》やした
沈黙にうちかつために
真実のすべてを言いつくすために
ぼくらは涯《はて》しない意識のうちに生きた
働いた　逃げた
ぼくらの匙《さじ》と靴底が消え失せた
そして　ぼくらは老いた
ぼくらの眼と疲労とは
きっとぼくらの手の色をしているに違いない

ぼくらは死んで埋葬《まいそう》された
あの壁の亀裂《きれつ》から

いくつもの麦穂《むぎほ》が分かれて出てくるのが
いつしか好きになった
けれど悲しみはパンのように本当だった
マフラーの向うに置かれている
石膏《せっこう》のように堅くなったカマンベールと
何枚かの詩を書き込んだノート
そして埃《ほこり》の中に散らばった
干《ほ》しぶどうのような冬の蠅《はえ》……
ぼくらのために作られた
お伽噺《とぎばなし》はあまりに少ない

朝のアダム

くちびるは　軽い果実で
いっぱいに
髪は　色とりどりの千の花で
飾られ
太陽の腕の中で
輝くばかり
親しい小鳥のように
しあわせで
雨のしずくに

うっとりと
足をアヤメの茂《しげ》みに入れて
眠っている
朝空よりも
美しく
貞節《ていせつ》な女《ひと》
ぼくが語っているのは一つの庭
ぼくは夢みる
ぼくはまさしく愛している
ぼくの口は草の匂いに酔《よ》っている

ファラオの夢

風が砂ぼこりで
銀の舳先《へさき》を作った
引き裂《さ》いてもいい
スフィンクスの眼に眩《まばゆ》かったとき

成就《じょうじゅ》

この額《ひたい》の濃《こ》い苔《こけ》を
切り落としてくれる情熱の馬もなく
おれはいま地上の歌声から耳を塞《ふさ》ぎ
地中の冬に耳を澄《す》ますことができる
死者に眠りはなく
やつらは続《つづ》けざまに話し　おれの声を奪《うば》う
残響《ざんきょう》が水だらけの血管を巡《めぐ》り　煙《けむ》り
舌《した》は雪の来訪《らいほう》を受ける

異邦人

夕べのくぼんだ頬《ほ》っぺたが固《かた》い石の
キャラメルをもてなしていた
憂鬱の時計仕掛けの広場には
枯れたポプラが太陽に照りつけられて
コーヒー色に灼《や》けて立っている

すでに終わった日曜は
灰のような味を口のなかに残した
ぼくは立ち止まって　通りすがりの人に聞く

「ここは　なんという町ですか?」
小さい娘が乳母車《うばぐるま》に人形をのせて傍《かたわ》らを通りすぎる
娘は挨拶して　頷《うなず》いてお辞儀《じぎ》する
ぼくがいるのは礼節《れいせつ》ある教区《きょうく》なのだ
車のわきで男の子が叫ぶほかはすべてが平和だ
あの歩道の黒ずんだ枯葉は
もしかすると羅仏辞典《らふつじてん》の燃《も》え滓《かす》かもしれない
見ればひとりの老人が庭に立って林檎《りんご》をもいでいる
彼の手のひらから秋は木の葉を食べる
ぼくは一人ぼっちだ
けれど空から街へ降りてきた天使の一群のように歩いている
ぼくは北に　南に旅し
西に東にさすらっていく
だが　ぼくの林檎園はどこにあるのだろう

どこにぼくの酔《よ》いしれた林檎の秋は……

スティル・ワーキング

悲しみの屋根の上に
豊穣《ほうじょう》な三月が落ちる
さかさになったランプはもう燻《くすぶ》らない
ひとつきりのランプのガラス窓は
月でできている
いま　この古い家の中に
アーメンという声が聞こえてくるようだ
お針子《はりこ》たちは身動きもせずに坐っている
若い娘たちの足元には　もはや埃《ほこり》しかなく

靴もまた埃にまみれている
ミシン針の下の布地はとうにすべり落ちていたが
機械だけはむなしくカタカタと鳴り響き
窓外《そうがい》の　冬の夜の縦糸《たていと》が繰《く》り出《だ》す
黒々とした星のない布に
小さな孔《あな》をあけつづけている

小さな娘

雲のカーテンを二分《にぶん》する風のような娘が
泡立《あわだ》つ冬や夏のざわめきに向かって
窓を開け放った
風がどっと娘の髪を打った
髪は二羽の大きな鳥になって肩にとまった
娘は窓を閉めた
二羽の鳥は机《つくえ》の上に落ちて娘を見上げた
娘は二羽の間に頭を埋《う》めて静かに泣いた

雪の憐《あわれ》みのプラハ

黄昏《たそがれ》に天使たちの衣《ころも》がほぐれ
雪は思いがけずに降《ふ》ってくる
まるで羽毛のように
町の美しさを守ってくれる

ときにふたつの雪片《せっぺん》が出合い　一つになる
または一つが淑《しと》やかにまぬがれてゆく
みずからのわずかな死のなかへと……

わたしの手のひらに
舞い落ちるこの雪片に
わたしは永遠を保証《ほしょう》したい
自分のいのちを　自分の熱を
自分の過去を
つつましいこれら日々を
ただの一瞬　果てしないこの一瞬に変えることで
けれど　はやくも
わずかな水があるばかりで
それも失われてゆく

ここから見下ろせば
上衣《うわごろも》につけた花飾りの
婚約のしるしのように

古い屋根の上の銅細工《どうざいく》が
曲《ま》がりくねって横《よこ》たわっている
冬の迷路《めいろ》のなかへと
次第《しだい》に深く枝分《えだわ》かれしていく通りでは
人々の踏《ふ》みしめていく雪だけが
唯一《ゆいいつ》の薔薇窓《ばらまど》になる

ゆっくりとわたしは　あなたの過去になっていく

もうあなたの姿がわからない
翼たちのざわめきに包《つつ》まれたように
不透明《ふとうめい》なショールでくるまれて
あなたはすっかり隠されてしまう

ただ大空ばかりが
ときおり闇の中で仕立屋《したてや》の針《はり》に手を伸《の》ばす
風のたもとからこぼれたのは
泣くことも名づける必要もない
こんなに多くの星たち
捨て子たち
きょう　まだ幼い星たちは
糸のつかない針のような十万の声をあげながら
永遠の旅路の門を抜け
天の広野《こうや》をよこぎりこの町へやって来た

……あなたの上空にとまったとき
都市の燃える包《つつ》みは　みなほどかれていた
あなたは死のためにすら晴れ着《はぎ》をまとっている

雪と夢とが魂と肉体の眠りとの
隙間《すきま》を縫《ぬ》い合わせているかぎり
わたしには見わけることができない
あなたをあんなによく知っていたのに

それは若いときのように　不安げな手つきで
身につける装《よそお》いの一つ
というのも　その生地《きじ》は雲よりもかたく
透《す》けていて
光のなかで拡《ひろ》げる指のすぐ傍《かたわ》らにあるからだ
そして恋のようにはかないことを人は知っている

灯《あか》りのともされた隣《となり》の広間《ひろま》では
はやくも音楽が聞こえている

ふしぎな熱気《ねっき》がきみの手を取った
誰ひとり　わたしには気づかない
ものみなはるかに遠ざかり
かすみ行き
はるかな屋根をすべるばかり
雪あかりを少しばかり落としても
ここは明るく　犬の声も聞こえず
鐘《かね》の音すら耳にとどかない
すでに雪が鉄《てつ》の年を埋めている

いまだ希望は生まれておらず
天使たちも確《たし》かな白さのなかを
さまよっていなかった

息からとおく　この空の高みにうらぶれて
もはや名づけられないものが
熱《あつ》く口のなかで聞こえる
言葉のなかのこれほどの熱《ねつ》にもかかわらず
想い出のなかのこれほどの郷愁《きょうしゅう》にもかかわらず
あなたの名を誰にたずねればいいか分からない
わたしは泣きながら落ちてゆく
まだ　わずかに残る黒い喪服《もふく》の縁《ふち》かがりへと

テレプシコーラの冬に

雪のスロープに
クロッカスの月の馬車がとまり
小さなバレリーナは
銀のトウシューズをなくしてしまった
木々から下がる手編《てあ》みレースの
氷柱《つらら》が　上品《じょうひん》にこれを見て笑うとき
ハコヤナギの枝先《えださき》は
下の白い沈黙いっぱいに
かじかんだ恋心《こいごころ》を

書き散《ち》らしている

降誕祭《こうたんさい》の夜

天からは
月の杖《つえ》が伸《の》びてきて
雪の小羊たちが
大地の上に降《お》りてくる

子よ　起きなさい
雪に最初の足跡をつけるのだ
野は幾年《いくねん》も　幾百年《いくひゃくねん》も
鋤《すき》にすき返《かえ》されることなく

ただ星々の轍《わだち》が
めぐり輝く
やがては手綱《たづな》も
橇《そり》も
あらゆる日々の母である夜も
哀《あわ》れな痩《や》せ馬も
おまえ自《みずか》らも
聖書の幻となるだろう

子よ　起きなさい
雪に最初の足跡をつけるのだ
大きかったものも
いまでは小さく見え
主はただ霧《きり》の夜のはるかな家の

窓にともる灯《ともしび》にすぎない
やがて　あらゆる谷は
雪で埋められ
あらゆる山と丘とは
低《ひく》くされるだろう

ほら　古い井戸が
また一つ
消えていくよ

〈著者紹介〉

藤村義一（ふじむら　よしかず）

神奈川県生まれ。

文化学院卒業。

現在、長野県在住。

Northern Sky

定価（本体1800円＋税）

乱丁・落丁はお取り替えします。

2019年 8月29日初版第1刷印刷
2019年 9月 8日初版第1刷発行

著　者　藤村義一

発行者　百瀬精一
発行所　鳥影社 (choeisha.com)
〒160-0023 東京都新宿区西新宿3-5-12トーカン新宿7F
電話 03-5948-6470, FAX 03-5948-6471
〒392-0012 長野県諏訪市四賀229-1(本社・編集室)
電話 0266-53-2903, FAX 0266-58-6771
印刷・製本　シナノ印刷

ISBN978-4-86265-752-7 C0092